IMPRIMERIE DE L'ART

CATALOGUE

OBJETS D'ART

ET DE HAUTE CURIOSITÉ

BELLE CROIX DU XIVᵉ SIÈCLE EN ARGENT ÉMAILLÉ

Couronne en fer damasquinée du XVIᵉ siècle

Faïences françaises et italiennes

SCULPTURES

Ivoires, Marbres, Terres cuites, Bois, Miniatures, Gouaches

Belle Serrure gothique aux armes de France

MEUBLES ANCIENS

Crédences, Cadres et Bahuts Renaissance
Meubles Louis XIII en écaille et en ébène, Pendules Louis XIV
Petits meubles Louis XV, Sièges, Tapisseries, Broderies, Guipures

TABLEAUX ANCIENS

DESSINS, AQUARELLES, PASTELS, GRAVURES, CADRES

Provenant en grande partie de la Collection DELAHERCHE

DE BEAUVAIS

ET DONT LA VENTE AURA LIEU

HOTEL DROUOT, SALLE Nᵒ 3

Les Vendredi 10 et Samedi 11 Mai 1889

A 2 HEURES

Mᵉ PAUL CHEVALLIER	M. CHARLES MANNHEIM
COMMISSAIRE-PRISEUR	EXPERT
10, rue de la Grange-Batelière, 10	7, rue Saint-Georges, 7

EXPOSITION PUBLIQUE

Le Jeudi 9 Mai 1889, de une heure à cinq heures.

CONDITIONS DE LA VENTE

———

Elle sera faite *expressément* au comptant.

Les acquéreurs payeront en sus des enchères *cinq pour cent*, applicables aux frais de la vente.

L'exposition mettant le public à même de se rendre compte de l'état et de la nature des objets, il ne sera admis aucune réclamation une fois l'adjudication prononcée.

Paris. — Imprimerie de l'Art. E. Ménard et Cie, 41, rue de la Victoire.

DÉSIGNATION DES OBJETS

COLLECTION A. DELAHERCHE

FAIENCES DE ROUEN

1 — Grand plat rond à décor bleu. Au fond, bouquet de fleurs dans une rosace, à dents rayonnantes ornées ; au marli, lambrequins descendant presque sur la chute.

2 — Plat rond à décor bleu. Au fond, corbeille de fleurs sur des motifs de ferronnerie ; au marli, lambrequins à coquilles et feuillages rayonnants.

3 — Plat rond, à décor bleu et rouille. Au fond, corbeille de fleurs sur des rinceaux ; au marli, lambrequins et ferronneries.

4 — Grand plat rond à bords festonnés, décor polychrome à *la double corne.*

5 — Grand plat rond à bords festonnés, à décor polychrome. Au fond, chiffre surmonté d'une couronne fleurdelisée ; au marli, branches de fleurs.

6 — Plat de même forme, à décor bleu. Au fond, écusson d'armoiries soutenu par deux lévriers et timbré d'une couronne comtale ; au marli, double galon orné.

7 — Assiette à bords festonnés, à décor polychrome à la corne.

8 — Six soucoupes à décor polychrome à la corne, à fleurs, etc.

9 — Assiette en faïence de Rouen, à riche bordure lambrequinée et à cartels quadrillés, en bleu et ocre jaune ; au centre, l'inscription suivante tracée en cercle : *Nicolas Duparcq garde du Roy.*

10 — Assiette de Rouen, à décor polychrome. Au

fond, un motif d'oiseaux, de rinceaux et de
fleurs, s'appuyant sur une coquille ; au marli,
une bordure composée de rinceaux et de fleurons.

11 — Deux belles assiettes à décor bleu. Elles
offrent au centre les armoiries du marquis de
Maillebois, et au pourtour et au marli de riches
lambrequins et des draperies ainsi que des
groupes de fruits.

12 — Assiette à décor bleu et rouille. Au centre,
une rosace ; au marli et à la chute, lambrequins
et ornements variés.

13 — Presse-papier quadrangulaire, décor polychrome à fleurs dont partie sur fond bleu. Époque primitive.

14 — Bannette rectangulaire et à angles coupés, à
décor polychrome : kiosques, oiseaux et fleurs ;
bordure quadrillée vert et parsemée de demi-
fleurons, interrompue par quatre réserves à
gerbes de fleurs.

15-16 — Quatre assiettes de Rouen, à décor polychrome ; au centre, une corbeille portant sur deux cornes d'abondance ; au marli, une bordure de fleurs et de rinceaux à fond pointillé.

17 — Sept assiettes à bords festonnés, décor polychrome *à la corne*.

18 — Deux assiettes à bords festonnés, décor polychrome *au carquois*.

19 — Assiette à bords festonnés, décor polychrome à la corne tronquée.

20 à 29 — Environ soixante assiettes à décors variés.

MOUSTIERS, NEVERS

30 — Plat oblong et à contours, à décor bleu, à ornements et figures dans le goût de Bérain. Au centre, la figure de la Justice. Moustiers.

31 — Plat de forme et de décor analogues. Au centre, une fontaine. Moustiers.

32 — Moustiers. Deux assiettes décorées en bleu d'une bordure à rinceaux et guirlande, et de deux blasons accolés timbrés d'une couronne.

33 — MOUSTIERS. Autre assiette avec armoirie pareille et à bordure plus étroite.

34 — Assiette à bords festonnés, à décor polychrome; au centre, dans un médaillon rond, un sujet de chasse; au marli, festons de fleurs et fleurettes. Moustiers.

35 — Assiette à bords festonnés, décor polychrome à fleurs. Marseille

36 — Deux plats ronds, l'un à décor bleu et filets de manganèse, l'autre à décor bleu. Le premier présente à son centre l'écu de France et les initiales F. et D R., dans une double couronne de feuillages; l'autre, un double écusson d'armoiries et de fleurs. Nevers.

FAIENCES ITALIENNES ET ALLEMANDES

37 — FABRIQUE D'URBINO. Plat rond représentant une scène tirée de l'histoire de Jupiter. XVIe siècle.

38 — FABRIQUE DE PESARO. Plat rond décoré en

couleurs. Au fond, buste d'empereur romain; au marli, rinceaux fleuris et groupes de fruits. XVIe siècle.

39 — Deux statuettes d'anges agenouillés porte-cierges, en terre cuite émaillée blanc. Attribuées à Lucca della Robia.

40 — Deux plaques de poêle en terre émaillée de Nuremberg, représentant l'une l'empereur Charlemagne, l'autre le roi David, debout, sous un monument représenté en perspective. XVIe siècle.

41 — Plaque de poêle en terre émaillée de Nuremberg, et représentant le Couronnement d'épines. XVIe siècle.

42 — Deux soucoupes en ancienne faïence de Castelli, à décor polychrome. L'une d'elles représente le Christ recevant le coup de lance, l'autre, un groupe de cinq personnages dans un paysage.

43 — Lot de carreaux du XVIe siècle, variés de décors.

PORCELAINES

44 — Assiette en ancienne porcelaine tendre de Chantilly, à décor bleu. Au fond, le chiffre du duc de Penthièvre, timbré de la couronne ducale. Au revers, le nom *Villers-Cotterets*.

45 — Assiette en ancienne porcelaine de Sèvres, pâte tendre, décorée de festons de fleurs.

46 — Assiette en ancienne porcelaine de Chantilly, gaufrée à vannerie et décor bleu, représentant un jet d'eau.

47 — Tasse et soucoupe de même porcelaine, décorée de fleurs de style chinois.

48 — Assiette à bords festonnés en vieux Saxe, décorée de fleurs.

49 — Soupière ronde à deux anses, avec couvercle et plat, en ancienne porcelaine de Tournay, décorée de fleurs en bleu.

MINIATURES, GOUACHES, ETC.

50 — Enseigne militaire : peinture à la gouache sur fond doré, représentant la Vierge drapée dans

un manteau bleu et allaitant l'Enfant Jésus; cette figure est placée dans un encadrement peint à moulures et à inscriptions gothiques. XIVe siècle.

51 — Belle miniature ronde sur vélin, dans le style de Holbein : Portrait d'un savant, coiffé d'une toque noire, portant un costume noir bordé de fourrure, tenant un livre et ses besicles ; figure à mi-corps ressortant sur un fond bleu. Cadre en noyer sculpté.

52 — Miniature rectangulaire sur vélin, du XVIe siècle, peinte en couleurs avec rehauts d'or, et représentant un écu d'armoirie dans un cartouche cantonné de quatre figures d'anges musiciens. Cette miniature est placée dans un cadre italien de bois sculpté et de même époque, découpé à jour et doré, à rinceaux et figures d'enfants, surmonté d'un fronton entrecoupé.

53 — ÉCOLE FLAMANDE, XVIe SIÈCLE. Plaque de diptyque peinte sur cuivre ; sur la face, portrait d'une dame vénitienne, à mi-corps, en riche costume du temps avec collier et ceinture ; au revers, saint Jean-Baptiste, enfant.

54 — Miniature sur vélin, représentant le Christ en croix, dans un cadre en bois sculpté et doré. Époque Louis XIV.

55 — Trois miniatures à l'huile sur cuivre : Portraits d'hommes et de femmes des XVIIe et XVIIIe siècles.

56 — Cinq miniatures sur vélin : Portraits d'hommes des époques Louis XIV et Louis XV.

57 — Médaillon ovale peint à l'huile sur cuivre, présentant, sur chacune de ses faces, un portrait de femme en riche costume de la fin du XVIe siècle.

58 — Médaillon ovale, dessin à la mine de plomb, signé *Mugnerot*, *Del.* 1779 : Portrait de femme tournée de trois quarts à droite, et portant une haute coiffure.

59 — Miniature gouachée sur vélin, représentant une vue de Paris (la Tour de Nesle et le Louvre). XVIIe siècle. Au revers, le nom écrit à la main de l'auteur supposé : *Mlle Desmendis de Siglas.*

60 — Trois petits dessins rehaussés de couleurs : modèles pour tabatières. École française du XVIIIe siècle.

61 — Miniature ronde sur vélin : Portrait de jeune femme, de profil, les cheveux flottant sur les épaules ; corsage bleu. Époque Louis XVI.

62 — Miniature rectangulaire sur vélin, du XVIIe siècle, représentant saint Jean-Baptiste. Petit cadre du temps en bois sculpté et doré à festons de fleurs.

63 — Miniature rectangulaire sur vélin : Portrait du peintre Rigaud, à mi-corps, la palette à la main, drapé dans un manteau bleu et coiffé d'une toque rouge.

OBJETS VARIÉS

64 — Charmant petit vase oblong et quadrangulaire avec couvercle en ancien émail cloisonné de la Chine, décoré de fleurs arabesques en couleurs, sur fond bleu turquoise. Il est garni de deux anses, formées chacune d'un chien de Fô en bronze doré, et le bouton du couvercle est également en bronze doré.

Cette pièce, qui est dorée à l'intérieur, porte une marque à six caractères et provient du Palais d'Été.

65 — Charmant petit fragment antique, en bronze

muni d'une très belle patine verte. Amour en bas-relief dont les yeux et l'extrémité de l'aile sont en argent.

66 — Flacon carré en verre gravé, portant les armes de France, la lettre L couronnée et le soleil de Louis XIV. Une couronne royale en argent doré, de travail moderne, sert de bouchon à la pièce, qui date du temps de Louis XIV.

67 — Deux coffrets en maroquin doré au fer ; l'un d'eux porte le nom de *Hierosme de Malingnehen* et contient deux petites balances. XVIe siècle.

68 — Deux boîtes simulant des livres reliés en maroquin rouge, portant, sur le plat, les armes de France, et, sur le dos, l'inscription *Menus Plaisirs du Roy*. Époque Louis XIV.

69 — Deux éventails du temps de Louis XVI, en ivoire à feuilles peintes ; l'un représente un ballon monté par deux personnages, l'autre un groupe d'amours.

70 — Baiser de paix orné d'un émail de Limoges, représentant le sujet de l'Annonciation. Monture en bois doré en partie. XVIe siècle.

71 — Lot de crucifix, dragons, etc., en cuivre du
xiiie siècle, dont quelques pièces portent des
traces d'émail.

72 — Divers débris en bronze des xve et xvie siècles,
bustes, statuettes, etc.

73 — Figurine grotesque de fou en bronze doré.
xvie siècle.

74 — Plusieurs lots de vitraux des xve et xvie siècles.

FERS

75 — Belle serrure gothique simulant une façade de
monument, en fer finement travaillé et à fenestrages élégants, découpés à jour. Le moraillon
présente deux statuettes de saints personnages
debout, reposant sur des crédences à têtes hu-
maines et dont l'une est surmontée d'un dais à
clochetons. Le cache-entrée et les deux montants
qui l'encadrent sont décorés de trois écussons
armoriés, surmontés de couronnes découpées à
jour. Le premier, à gauche, présente l'écu de
France ; celui du centre est parti de France et
de Bretagne ; le dernier présente les armes de
France et du Dauphiné.

Cette pièce offre de plus, dans son décor, la

cordelière d'Anne de Bretagne, le bâton de Louis XII et des encadrements découpés.

76 — Selle en velours jaunâtre, dont l'arçon présente une plaque de fer repoussé, portant en relief le sujet de la conversion de saint Paul. Cette plaque a conservé des traces de damasquinure. XVIe siècle.

77 — Pommeau de forme sphérique surbaissée, en fer ciselé, repercé à jour et évidé, décoré de bustes et d'entrelacs. XVIe siècle.

78 — Quatre landiers en fonte, variés de modèles.

79 — Deux petits chenets Louis XIII, en cuivre ; modèle à boule et tête couronnée.

IVOIRES

80 — Ivoire. Bas-relief circulaire, présentant, en bas-relief un buste de femme casquée, de profil à droite, et de style Renaissance. On lit sur une banderole le nom de *Carendina*. Cadre en bois sculpté.

81 — Ivoire. Groupe représentant la Vierge assise, vêtue de long, la tête couverte d'un voile et

tenant l'Enfant Jésus nu, assis sur son bras droit. Travail français du XIVᵉ siècle.

82 — IVOIRE. Statuette de guerrier debout, la tête nue. XVIIᵉ siècle.

83 — IVOIRE. Petit groupe de deux figures : Mendiant agenouillé et enfant. Espagne. XVIIᵉ siècle.

84 — IVOIRE. Poinçon terminé a sa partie supérieure par une tête de femme, portant une riche coiffure Renaissance et une collerette plissée en argent. XVIᵉ siècle.

85 — Christ en ivoire sculpté sur croix de bois noir, placé dans un cadre du XVIIᵉ siècle, en bois sculpté et doré.

MARBRES

86 — MARBRE BLANC. Jolie statue, par *P. J. B. d'Huez, 1773.* Hippomène dans l'attitude de la course.

87 — MARBRE BLANC. Groupe : Hercule combattant le lion de Némée. Travail de la première moitié du XVIᵉ siècle.

TERRES CUITES

88 — TERRE CUITE. Deux petits bas-reliefs rectangulaires attribués à Marin et représentant des femmes satyres et des enfants satyres.

89 — TERRE CUITE. Bas-relief attribué à Clodion et représentant un groupe de deux amours.

90 — TERRE NOIRE .Médaillon rond par NINI. Buste de profil à droite, de *J. D. Leray de Chaumont, intendant des Inval.*

91 — Deux médaillons en terre cuite, par NINI : Portrait de J. D. Leray de Chaumont, intendant des Invalides.

92 — Médaillon en terre cuite, par NINI : Franklin coiffé d'un bonnet de fourrure.

93 — Médaillon en terre cuite, par NINI : Portrait de la grande Catherine de Russie.

94 — TERRE CUITE PEINTE ET DORÉE. Petit bas-relief rectangulaire en hauteur, représentant Minerve debout sous un arceau à plein cintre, portant la date de 1536.

★★

95 — Trois vases en trois parties chacun, en terre
cuite, à anses masques de satyres et feuillages.

BOIS SCULPTÉS

96 — Jolie frise en bois sculpté en bas-relief, à fond
doré et disposé en trois parties. Elle représente des jeux de sirènes et de tritons. Travail
espagnol du xvie siècle.

97 — Haut-relief en bois sculpté, représentant la
Circoncision ; groupe de onze figures, de travail
flamand du xve siècle.

98 — Socle de la Renaissance, avec partie cintrée
en ressaut, en bois de chêne sculpté, à cartouches et figures d'enfants.

99 — Groupe provenant d'un retable en bois
sculpté et doré : le Portement de croix.
xvie siècle.

100 — Deux panneaux en bois de chêne sculpté, à
ornements gothiques et à fleurs de lis. xve siècle.

101 — Deux panneaux dans une même monture, en
bois de chêne sculpté, à ornements Renaissance.

102 — Fort lot de panneaux pour meubles, du
xve et du xvie siècle : fenestrages, bustes,
armoiries, etc.

MEUBLES

103 — Grand et beau cadre Renaissance, en bois
de chêne sculpté, à montants formés de demi-
colonnes ornées, base à vases de fleurs et rinceaux, et double corniche à bustes en haut-
relief et ornements. L'ouverture est à plein
cintre, et la corniche supérieure est surmontée
de cinq candélabres variés de hauteur et reliés
par des motifs à rinceaux découpés à jour.

Haut., 2 m. 63 cent.; larg., 1 m. 30 cent.

104 — Crédence du temps de Louis XII, en bois
de chêne sculpté, à candélabres, rinceaux et
divers instruments de la Passion. Elle ferme à
porte et à tiroirs, et présente sur sa face deux
montants à clocheton servant de pieds.

105 — Grand meuble à deux corps, en bois d'ébène
à moulures guillochées, enrichi de bas-reliefs en
écaille moulée à médaillons de personnages
allégoriques et ornements, parmi lesquels on

remarque les Quatre Parties du monde, d'après Briot. Il est enrichi d'incrustations d'écaille unie, et ferme à quatre portes et six tiroirs. Travail français du temps de Louis XIII.

106 — Grand cabinet du temps de Louis XIII, fermant à deux portes, en bois d'ébène sculpté, gravé et à moulures guillochées. Les portes présentent, dans des médaillons octogones, les figures de Junon et de Minerve sculptées en bas-relief.

Ce meuble repose sur une table à fond plein et à pieds tors.

107 — Corps supérieur d'un meuble Renaissance, en bois de noyer sculpté, fermant à deux portes décorées de motifs d'architecture, de sphinx et d'ornements. Il est enrichi d'incrustations de marbre. Le fronton, ainsi que le corps inférieur, en bois de chêne, sont de travail moderne.

108 — Crédence Renaissance, en bois de chêne sculpté, à rinceaux, mascarons et ornements variés. Elle ferme à deux portes et à tiroirs. Ce meuble a subi des restaurations et sa base est de travail moderne.

109 — Bahut en bois de chêne, composé de panneaux gothiques sculptés en bas-relief et séparés par des clochetons. Les panneaux sont surmontés d'une frise rapportée, décorée d'animaux fantastiques et de branches de vigne et présentant à son centre une serrure gothique en fer découpé.

110 — Bahut en bois de chêne, présentant sur sa face trois panneaux Renaissance, décorés de bustes d'hommes et de femmes, et d'ornements variés.

111 — Bahut analogue à celui qui précède, décoré de cinq panneaux, dont l'un porte les armes de France.

112 — Devant de bahut en bois de chêne, composé de cinq petits panneaux ornés. XVIe siècle.

113 — Stalle en bois sculpté, décorée de beaux panneaux gothiques, à fenestrages, rosaces et ornements variés.

114 — Grande porte en chêne sculpté, décorée d'un côté de fenestrages gothiques et de l'autre de six panneaux à serviettes repliées.

115 — Cadre en bois de chêne, décoré sur les montants de bustes sculptés en bas-relief. XVIᵉ siècle.

116 — Jolie pendule du temps de Louis XIV, de forme chantournée, sur piédouche quadrangulaire, et cintrée à sa partie supérieure, en marqueterie des trois parties, cuivre et étain sur fond d'écaille, garnie d'ornements de bronze doré. Modèle rare.

117 — Petite pendule à tirage, du temps de Louis XIV, plaquée d'écaille et garnie d'ornements de bronze. Elle est accompagnée d'un socle cul-de-lampe de même travail, mais d'époque postérieure.

118 — Table du temps de Louis XIV, en bois de chêne sculpté, à pieds carrés, reliés par un entrejambes en X.

119 — Guéridon sur pied à balustre et à trois griffes de lion, du temps de Louis XIV, en bois sculpté conservant des traces de dorure.

120 — Petit meuble de forme contournée et à deux

portes, en bois rose et amarante, de l'époque
Louis XV, signé : *P. Denizot*, et à tablette de
marbre.

121 — Petite commode Louis XV, à deux tiroirs,
en bois rose, garnie de bronzes et à dessus de
marbre.

122 — Grande vitrine à deux corps et à corniche
cintrée, en bois de chêne.

123 — Quatre fauteuils du temps de Louis XV, en
bois sculpté, couverts de tapisserie au point à
fleurs sur fond jaune.

124 — Fauteuil Louis XV, en noyer sculpté et
recouvert en tapisserie au point, à branchages
de fleurs sur fond blanc.

125 — Fauteuil Louis XV, en bois de noyer, à fleurettes sculptées, recouvert en étoffe imprimée.

TAPISSERIES, BRODERIES, ÉTOFFES

126 — Fragment de tapisserie du XVIe siècle, ver-
dure et animaux, bordé de trois côtés de figures
allégoriques, de fleurs et d'ornements.

127 — Bandeau de drap bleu, portant en application de drap de nuances variées et soutaches, des fleurs de lis, les armes de France et autres, ainsi que la date de 1702.

128 — Bande de satin jaune décorée de rinceaux appliqués en velours violet et de fleurs brodées au passé. XVIIe siècle.

129 — Deux quêteuses en velours grenat décoré de broderies d'argent en relief. XVIIe siècle.

130 — Napperon et longue bande en guipure, du XVIIe siècle.

131 — Petit tableau ovale : le Christ, de profil et en buste, exécuté très finement en broderie de soie au passé. On lit au revers : De Lafage Fecit, Paris, 1642. Cadre du temps, à rinceaux et fleurons en bois sculpté et doré.

TABLEAUX

BLAIN DE FONTENAY

132 — *Panneau décoratif.*

En hauteur, représentant un vase doré entouré d'une guirlande de fleurs et de fruits et posé sur une table de marbre, dans un parc ; à droite, un perroquet.

BOUCHER

(École de)

133 — *Paysage ; colombier au bord d'une rivière.*

CARENO

(Attribué à)

134 — *Portrait de Philippe IV d'Espagne.*

De trois quarts, perruque brune à rallonges, rabat de guipure décoré d'aigles héraldiques, pourpoint de drap d'or, portant l'ordre de la Toison d'or.

CARRACHE

(École des)

135 — *La Vierge, l'Enfant Jésus et le petit saint Jean.*

Cadre en bois sculpté et doré.

CLOUET

(Genre de)

136 — *Portrait de « Monseigneur de Florenge ».*

Buste.

GREUZE

(Genre de)

137 — *Jeune Fille blonde.*

En buste.
Cadre du XVIIe siècle, en bois sculpté et doré.

HERP

(VAN)

138 — *Portrait d'homme tenant un feuillet de musique.*

LENAIN

139 — *Portrait équestre du roi Louis XIII.*

Revêtu de l'armure et tenant le bâton de comman-
dement ; au fond, la ville de La Rochelle ; dans les
airs, le génie de la Victoire lui apporte la couronne
et la palme, et deux Renommées sonnent de la trom-
pette. Intéressante peinture sur marbre blanc.

MALTAIS

(Chevalier)

**140 — *Tableau décoratif représentant des
fruits et un tapis d'Orient.***

MIGNARD

(Attribué à)

141 — *Portrait de Mme de Sévigné.*

De trois quarts, à mi-corps, en robe jaune, manteau bleu, manchettes de guipure, portant un petit
chien.
Provenant du cabinet du marquis de Villette.

MIGNARD

(Attribué à)

142 — *Portrait de la Grande Mademoiselle.*

En buste, avec robe de soie grise brodée d'or et manteau bleu fleurdelisé.

MIGNARD

(École de)

143 — *Portrait de Ninon de Lenclos.*

Nue, en buste ; collier de perles, robe bleue brodée d'or.

MILÉ

(École des)

144 — *Paysage.*

Avec palais en ruines.

Cadre ancien en bois sculpté et doré, à tore de lauriers.

NETSCHER

(Attribué à)

145 — *Petit Portrait d'homme.*

En toque de velours rouge et manteau violacé.
Peint sur cuivre et placé dans un cadre du XVIIe
siècle, en bois sculpté et doré.

ORLEY

(Attribué à B. VAN)

146 — *La Vierge assise sur un trône et soutenant sur ses genoux l'Enfant Jésus qui tient une pomme.*

Beau cadre de la Renaissance, d'ordonnance archi-
tecturale, à pilastres et entablement. Il a été redoré.

OUDRY

(J. B.)

147 — *Deux petits dessus de portes.*

De forme chantournée, représentant des sujets des
Fables de La Fontaine, peints sur fond blanc, dans un
motif d'encadrement composé de rinceaux et d'ornements déliés en bleu.

PORBUS

(École des)

148 — *Portrait du duc de Crillon.*

Peint en 1586.
Buste.

RAOUX

149 — *Deux compositions en pendants.*

Représentant chacune un groupe de cinq musiciens.

RIGAUD

(École de)

150 — *Portrait d'homme.*

Portant la perruque longue, un habit de brocart et un manteau de velours rose.

SENAVE

151-152 — *Deux petits tableaux en pendants.*

Très finement exécutés et représentant des places de marché, avec de nombreuses figurines.
Ils sont signés.

UTRECHT

(Genre de VAN)

153 — *Bouquet de fleurs, pêches et sala-
dier plein de fruits.*

VELASQUEZ

(Attribué à)

154 — *Portrait en buste d'un chevalier
de l'ordre de Calatrava.*

En costume noir, avec grand col de linon.

ÉCOLE DE BOURGOGNE

155 — *Portrait de Philippe le Bon, duc
de Bourgogne.*

Coiffé d'un feutre gris orné de bijoux d'or ; portant la robe de pourpre bordée de fourrure, l'ordre
de la Toison d'or, la main appuyée sur un écu à ses
armes.

ÉCOLE DE FONTAINEBLEAU

(XVIe siècle)

156 — *Portrait d'une princesse de la Maison des Valois.*

En buste, portant une couronne, un collier de perles, une collerette de guipure et un corsage bleu brodé d'or, avec manches roses rayées bleu, recouvertes de brassards de perles et de pierreries.

Cadre en chêne sculpté.

ÉCOLE FRANÇAISE

(Époque Louis XIII)

157 — *Portrait de femme.*

Avec plumes dans la coiffure, collier de perles.

Cadre ancien en bois sculpté à laurier.

ÉCOLE FRANÇAISE

(Époque Louis XIII)

158 — *Portrait d'un gentilhomme.*

En buste, collerette de guipure, portant la croix de Malte.

ÉCOLE FLAMANDE

(Commencement du XVIᵉ siécle)

159 — *Sainte Catherine d'Alexandrie.*

La tête ceinte de la couronne, vêtue du manteau de pourpre et lisant un livre d'heures appuyé sur la roue.

ÉCOLE HOLLANDAISE

160 — *Bouquet de fleurs et vase enguirlandé.*

Petit tableau dans un cadre sculpté.

ÉCOLE DE BOLOGNE

161 — *Saint Personnage tenant une draperie pleine de fleurs.*

ECOLE ITALIENNE

(XVIIᵉ siécle)

162 — *Jésus et la femme adultère.*

Cadre sculpté rehaussé de filets d'or.

ECOLE ITALIENNE

163 — *Lapins, reptiles, fleurs et cham-
pignons.*

ÉCOLE ITALIENNE

164 — *Un Coq.*

AQUARELLES, DESSINS, PASTELS

BOUCHER

(Attribué à)

165 — *Tête de nymphe.*

Sanguine.
Cadre doré.

CAUVAY

166 — *Deux dessins.*

En hauteur ; à l'encre de Chine ; projets de panneaux décoratifs, à figures, cornes d'abondance, guirlandes et enroulements.

DELAULNE

(Attribué à)

167 — *Exercices militaires.*

Dessin à la plume.

ECOLE MILANAISE

(ANDRÉ SOLARIO ?)

168 — *Portrait présumé de Louis XII.*

En buste, de trois quarts à droite, coiffé d'un chaperon rouge et portant le manteau bleu bordé d'hermine.

Beau dessin à la plume lavé d'aquarelle et rehaussé d'or, dans un cadre italien du XVIe siècle, d'aspect monumental, en bois doré.

ÉCOLE FRANÇAISE

(XVIIe siècle)

169 — *Portrait en pied d'une religieuse hospitalière de l'Hôtel-Dieu de Saint-Jean-Baptiste de Beauvais.*

En habit monastique. Figure en pied.
Gouache.

ÉCOLE FRANÇAISE

(XVIIIe siècle)

170 — *Portrait de femme.*

En robe rose décolletée, avec guirlande de fleurs.
Pastel.

ÉCOLE VÉNITIENNE

(XVIe siècle)

171 — *Portrait d'un seigneur.*

En costume de l'époque François Ier.
Dessin au crayon.

EECKHOUT

(VAN DEN)

172 — *Sujet tiré de l'Ancien Testament.*

Sépia.
Cadre italien en bois sculpté et doré.

JEANRON

173 — *Nymphe et Amour sous bois.*

Dessin à la fumée, dans un cadre ancien en bois sculpté.

HUYSUM

(VAN)

174 — *Deux aquarelles : vases de fleurs.*

HUYSUM

(VAN)

175 — *Fruits.*

Croquis à la sépia.

LA TOUR
(D'après)

176 — *Portrait de Louis XV.*

En buste, revêtu de l'armure et du manteau de velours bleu fleurdelisé doublé d'hermine.

Cadre en bois sculpté et doré, à cartouches fleur-delisés, surmonté de la couronne royale.

Pastel.

LA TOUR
(D'après)

177 — *Portrait de Marie Leczinska.*

En buste, la tête couverte d'une pointe de dentelle noire, vêtue d'une robe bleue garnie de rubans et de dentelles, tenant un éventail.

Cadre sculpté et doré, à rinceaux, feuillages et rocailles.

LEBRUN
(École de)

178 — *La Naissance de la Vierge* et *la Famille de Darius aux pieds d'Alexandre.*

Deux petits dessins à la sépia.

Cadres anciens.

LEONI

(OTTAVIO)

179 — *Portrait d'un duc de San Donato. 1617.*

> Dessin au crayon noir.
> Cadre italien sculpté, noir et or.

NANTEUIL

(ROBERT)

180 — *Portrait de Louis Dauphin, fils de Louis XIV.*

> Beau dessin à la plume, dans un cadre du temps en bois sculpté, à fleurs et feuillages.

RIGAUD

(D'après)

181 — *Portrait du Président de Bérulle.*

> Beau dessin attribué à Drevet.
> Cadre ancien en bois sculpté et doré.

ROETTIERS

182 — *Les Éléments.*

Quatre compositions dessinées à la plume.

TINTORETTO

183 — *Figures d'apôtres.*

Plume et sanguine.

VELASQUEZ

(Attribué à)

184 — *Portrait d'Isabelle de Bourbon.*

Dessin à l'encre de Chine.

GRAVURES

GOLTZIUS

(H.)

185 — *Portrait d'Henri IV.*

Dans un cadre ancien, à feuillages et fleurs de lis,
en bois sculpté, peint et doré.

GRATELOUP

186 — *Portrait de Montesquieu.*

Dans un cadre ancien à rinceaux et fleurs, en bois sculpté et doré.

GRATELOUP

(J. B.)

187 — *Portrait de Bossuet.*

D'après Rigaud ; dans un petit cadre ancien en bois sculpté, à fleurs de lis, fleurs, feuillages et rinceaux.

STRANGE

(D'après VAN DYCK)

188 — *Les Enfants de Charles Ier d'Angleterre.*

Cadre sculpté rehaussé de dorure.

SCHMIDT

189 — *Têtes d'enfants.*

Petite gravure dans un cadre Louis XIV, sculpté et découpé à jour, à motifs de coquilles, de fleurettes et de feuilles.

190 — *Portrait de Louis XIV.*

Petite gravure dans un cadre sculpté à fleurettes.

191 — *Henri IV et Henri de Bourbon, prince de Condé.*

Deux petites gravures.

DREVET

(D'après RIGAUD)

192 — *La Princesse Palatine.*

Cadre sculpté à fleurettes.

193 — *Portrait de l'Infante Isabelle.*

Gravure.
Cadre ancien sculpté avec filets dorés.

194 — Diverses gravures encadrées.

195 — Objets non catalogués de la collection A. Delaherche.

OBJETS D'ART

APPARTENANT A DIVERS

196 — Belle croix du xive siècle, en argent, décorée d'émaux de basse taille, à sujets tirés du Nouveau Testament et enrichie d'ornements ciselés.

197 — Couronne en fer damasquiné d'or. Travail italien du xvie siècle.

198 — CRISTAL DE ROCHE. Jolie coupe du xvie siècle, en cristal de roche gravé, à six lobes, décorés de rinceaux de feuillages et de cordons de perles. Monture en argent ciselé et doré, composée d'un piédouche à décor de cuirs, bordé de godrons, et de deux anses figurées par des cariatides de femmes ailées.

Longueur de la coupe, 18 cent.

199 — Belle croix processionnelle à deux faces, en argent, du xvie siècle ; d'un côté le Christ crucifié et des médaillons circulaires à figures et

emblèmes religieux reliés par des draperies, des têtes de chérubins, des pentes de fruits, etc.; de l'autre, même nombre de médaillons, des rinceaux et des attributs.

Haut., 55 cent.

200 — Croix processionnelle du XVIe siècle, revêtue d'une feuille d'argent, bordée de moulures et garnie d'appliques en bronze doré ; d'un côté, le Christ crucifié, et aux extrémités des branches, quatre appliques, les évangélistes, dans des cercles inscrits dans des losanges ; au revers, une décoration analogue. La croix surmonte un nœud de bronze présentant des chérubins en argent

Haut., 59 cent.

201 — Boîte cylindrique couverte et élevée sur boules, en argent fondu et ciselé, et d'une riche ornementation en relief, sur fond doré. Elle représente au pourtour trois motifs à figures d'enfants et cuirs alternant, avec trois arcades sous lesquelles on voit la Vierge, saint Jean et saint Pierre. Le couvercle, décoré des figures des quatre évangélistes et de têtes de chéru-

bins, est surmonté d'une figurine en ronde bosse d'enfant musicien.

Haut., 10 cent.

202 — Calice en bronze doré sur piédouche, à six pans dentelés ; le nœud central est orné de six petites plaques d'émail, portant des bustes et des écussons, et de plusieurs rangs d'ornements émaillés. Il porte l'inscription : Nicholaüs Pontelli, 1472.

203 — Très petit coffret rectangulaire, avec couvercle à trois pans, décoré de cinq bandes d'émail, représentant des enfants nus, des bustes et des rinceaux en blanc et bleu sur fond bistre. XVIe siècle.

204 — Bel ostensoir de bronze doré, en forme d'édicule à six pans séparés par des colonnettes plates. Le sommet cintré est surmonté d'une petite statuette en argent doré.

Base à nœuds, décorée de six compartiments ornés de palmettes, dont trois revêtus d'écussons niellés ; sur le pourtour, cette inscription : *Bartholomeus de Clementis de Regio reliquie*

Sancti Biasii Episcopi et martiris hoc opus fecit MDXVIII.

Haut., 38 cent.

205 — Buste en bronze, à patine brune, d'un pape, portant une chape à orfrois, fixée par un fermail quadrilobé. XVIe siècle.

Haut., 22 cent.

206 — Buste en bronze, grandeur nature, d'un personnage de l'époque Louis XIII, nu-tête, cheveux longs, moustaches retroussées, barbiche, revêtu de l'armure. Travail du temps.

207 — Statuette de Neptune debout, le pied sur un dauphin, armé du trident; bronze italien à patine noire, du XVIe siècle.

208 — IVOIRE. Bas-relief rectangulaire, en hauteur, représentant le Christ sur la croix, entre la Vierge et saint Jean, vêtus de long. En haut, le soleil et la lune; sur les côtés s'élèvent deux colonnettes surmontées de chapiteaux orientaux supportant une arcade. Travail byzantin du IXe ou Xe siècle.

Haut., 22 cent. ; larg., 13 cent.

209 — IVOIRE. La Vierge debout, drapée dans un long manteau, un voile autour de la tête, porte sur le bras gauche l'Enfant Jésus. Groupe incomplet. Travail français du XIVe siècle.

Haut., 29 cent.

210 — Bâton de crosse pastorale, en bois sculpté et peint, à décor de fleurs de lis et de coquilles de pèlerins alternés. XVIe siècle.

211 — Devant de coffre en chêne sculpté, composé de cinq panneaux à fenestrages gothiques aux armes de France ; au milieu, un écusson porte l'Agneau pascal. Commencement du XVIe siècle.

212 — Bas-relief rectangulaire, en bois sculpté, représentant Caïn et Abel. XVIIe siècle.

213 — Plaque rectangulaire en émail, peinte en grisaille sur fond noir, avec rehauts d'or, par J. Laudin, et représentant Mars et Vénus surpris par Vulcain.

214 — Petit tableau en mosaïque de Rome d'une extrême finesse, représentant un paysage avec figures, Mercure et Argus, d'après Salvator Rosa.

Haut., 10 cent. 1/2 ; larg. 14 cent.

215 — Vingt-six « jetons des États de Bretagne »
1732, en argent, à l'effigie du roi Louis XV.

216 — Potiche, forme pot à tabac, en ancienne porcelaine de Chine, fond bleu poudré, avec trois
réserves à plantes et ustensiles peints en bleu
sur émail blanc. Couvercle en cuivre doré.

217 — Grande et belle pendule avec son socle-ap-
plique, du temps de la Régence, en marqueterie
de bois rose à quadrillés, richement garnie de
cuivres, mascarons, dragons, rocailles, etc. Sous
le cadran, une figure de Minerve en bas-relief.
Comme couronnement, une statuette d'Amour
en ronde bosse.

Hauteur totale, 1 m. 25 cent.

218 — Chaise Louis XV, en chêne sculpté, à fleurs
et feuilles, et fond canné et doré.

219 — Très ancien tapis persan, à décor de figures,
de cavaliers et d'animaux et d'arabesques ; la
bordure renferme des figures ailées.

RED. :

16

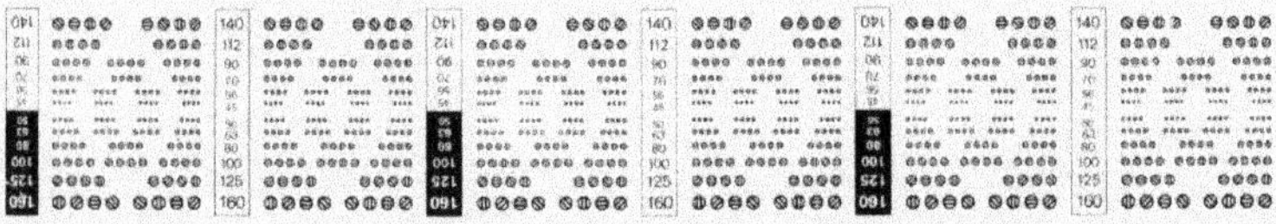

graphicom

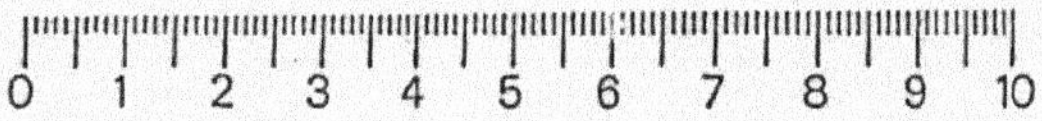

MIRE ISO N° 1
NF Z 43-007
AFNOR
Cedex 7 - 92080 PARIS-LA-DÉFENSE

0 1 2 3 4 5 6 7 8 9 10